永不凋零的花

磊子——著

獻給，和世界在拉扯的人

目次

輯一

輯二

輯三

目次

輯一

季節

葉子緩緩落下
當秋風吹起時
我在原地等待，每一片葉子
可以再次轉綠

彷彿在等待
每一段已經逝去的愛情
可以再次燃起

同時在渴望
每片在春天萌芽的花朵
到了秋天

都可以擋住命運的必然
不會凋零

雨景

天空給大地下了一場雨
我也給自己哭了一個下午

這個晚上，我還沒有吃飯
大地也沒有
我們的食慾

不用進食來塡飽
至少這一刻
只需要，流淌不息的雨和眼淚

勇氣

我還在這裡等待你
你還在外面漂泊著

天空中的鹿

過了許多聖誕節
我才明白

天空中沒有拉雪橇的鹿
但他還是想收到禮物

於是我默默地把禮物包好
就這樣低調地做了
多年的付出

他就這樣收到了
但卻以為送禮物的人
是天空中的鹿

忘記

我忘記當初你爲何哭泣
也忘了自己爲什麼想要離開

時間沖淡了情緒
我們又變回
天眞的小孩

如果可以
想這樣在一起，很久很久
謝謝忘記
讓一切變得
簡單

卻
撲朔迷離

偏愛

我給了你偏愛
而你也有給

我給你了全部
而你也有給

最後，你跟他去吃了早餐
徒留我在早晨的街口

聲嘶力竭的呼喊

難過

難過像一個港口
它在等船回來

明明不想承擔
卻被湧進的船隻
塞滿

然後在風雨中
繼續塞滿

這種感覺很難過
彷彿一根嫩芽上壓了一塊磚

生活總是難過
我不想等船，回來

漁光島

台南的漁光島
是一座海灘

因爲能看見遠方的漁船
發光，因此得名

我時常來這裡
眺望著彼岸的漁光

我思考著理想，我沉浸在悲傷
我看著所有發光的事情
還在我的遠方

結局・一

結局
是寂寞的

它只剩下一種選擇
沒有更多的可能
就像一本書的結尾
不會再找到更多的新鮮感

我想了很久
到底該不該迎來結局
還是讓故事繼續下去

如果逃避我們的結局

是否就能永遠有新的快樂
在這廣大的宇宙
找到更多的刺激
然後在這色彩斑爛的花花世界

永遠，不寂寞

等待

我以爲，你會回來
因爲你說，在夏末秋初的時候
就會有你的消息

因爲你說
我們是一家人
請你等待我
就像以前的約定

但經過了整個冬季，你並沒有回來
留我一個人在白雪覆蓋的窗前
繼續等待

思念

自從那一天開始
我們再也沒有一起出現
在敍舊的聚餐
或是朋友的婚禮

一切是那麼難
說了再見之後
我希望早晨充滿涼意的雨
可以澆醒我
還在思念你的傻勁

你也需要被澆醒嗎？
請來找我

讓我們一起沐浴在
清晨的冰雨中

期待

我期待你會喜歡我
所以我做了
現在的我所能做到的事

在上菜時
給你盛了一碗熱湯
在能夠靠近你時
緩緩坐到你的身邊

有些事，我依然想讓你明白
即使最後
只是期待

壓力

在時限快到的時候
期望還沒兌現

沒有對與錯

只有爲什麼被賦予的
疑惑

喜悅．一

沒有什麼可以訴說
今天見證時的快樂

看著你和他步入禮堂
想到多年的付出和磨合
終於有了結果

我看著喜悅的婚紗照
很想知道，感情
該怎麼才能度過那些難

就像天空
有時晴，有時雨

下雨的時候，我該如何去盼望
晴天？

怎覺得每次下雨
都會把過去奠基的基礎
全部都沖毀

喜悅是一次性的煙花
還是像海浪
有高有低，但總會繼續下去

婚紗照上喜悅的臉龐
是攝影暫時性的微笑

還是長久以來琢磨出的
璀璨寶石

早餐

早餐想吃麥當勞
不是在打廣告
但這個癮，在我今天起床後
戒不掉，卻也不造成困擾

這是一首
沒有結尾的詩
因爲我想先吃早餐
而沒有打算，先寫完

夜晚

後來你跟我說
我們就到這兒吧
那天晚上，我哭的很慘

我滑起交友軟體
想要有人彌補這個空洞

黎明之前，我不在乎變成什麼樣
這個世界肯定會有人再愛我

我拿起一把刀
想要乾淨地切除
所有藕斷絲連

卻又緩緩放下
如果變成這樣，世界
將不會有任何人再愛我

這個夜晚，我做什麼都不對
感覺自己被拋棄，無法釋懷

但我卻拋棄不了夜晚
我們能不能就到這兒吧
此刻的我好想要
離開你

遷就

我想請天告訴我
你是不是對的人
因爲我已經
不想要再受傷

不一定是要成家立業
不一定是要開花結果
只想知道想做的事情
是不是適合你陪著我

我已經在練習
慢慢忘記他
你是不是對的人

我想請天告訴我

不願意

我討厭歡愉
歡愉的最後往往產生
許多不願意

不願意承擔責任
不願意收拾殘局
不願意人生就此改變

但是想要歡愉
就必須面對這個詛咒

原來，這個世界上的人類
都被下了咒語

才會變成現在生活的樣子

這個咒語
我已經逐漸靠近
但在最後的最後
還是想掙扎地說出

在被完全吞噬之前說出
最後……
卻沒能說出口

缺口

我以爲我
能填補你
心中的缺口

卻沒想到
別人也能看見
你的缺口

原來你
不只展示給我
也留給了別人

我以爲我

能填補你
心中的缺口

得到・一

因爲我得不到你
所有我把信投了出去

讓信跨越現實的藩籬
讓你能以物的形式
得到我

但你卻渴求得到更多的我
你相信愛情，奮不顧身

我開始害怕
得到是否眞的好

原來我心中
好像沒有那麼想要得到你
原來我自己是這麼的善變

後來才知道，原來我想要的
只是你的關切，而我已經得到

其他的，是否對我來說
已經不重要

輯二

我的國家

你說你要來，我的國家
找我
我懷疑自己，有沒有聽錯

我沒想到，我
值得一個人遠道而來

也沒想到
你真的相信，遠距離的感情
能夠開花結果

在我的國家裡，你會不會擁有幸福？
我該怎麼做，才能讓你的心

在探索我的途中
安全地降落

謝謝

謝謝你，出現在我的生命裡
謝謝你，當初有加了我的IG

雖然如今，我們不頻繁聯絡
但有你的貼文
我依然會偷偷欣喜

很開心當初的選擇，所相信的一切
我並沒有看錯人，但很意外

我並沒有成爲你，所期盼的他
跟你相處的時光，仍然有些不滿足

謝謝你，一直扮演著自己
才讓我，奮不顧身地愛你

不想說太多，只是
當你的照片偶爾跳出來的時候
總是讓我再次相信

我生命中的一部分，依舊仍然屬於你

感動

很容易，被感動
是與生俱來的天性
還是疲憊無助的縮影？

這座城市什麼也沒給
此刻我的手心卻朝上
希望雪中送炭的事情，能發生在我身上

忽然間我感受不到感動了
彷彿是受器被關閉
突然我無法再扮演，過去的自己
是否我需要成爲，一個能夠給予的人

是否我所接收到的感動，有一天都會離開我？

我很想知道答案，我還沒有答案
我還在沒有星星的夜空中徘徊

忽然間發現，只要我發光
就能夠成爲夜空中閃亮的星

我想成爲星辰，成爲一個
手心朝下的人，照亮整個黑夜
發著光，燃燒著自己，忽然間

我流下淚

回家

我走在回家的路上
下午五點鐘
天空帶著一抹雲彩，傲嬌而波瀾

我的愛情像是這一抹流雲
在失去前總會激發出
最撕裂的樂章

扭曲而歪斜
對立又絕對
光的折射如此鋒利
堆疊的雲彩如行軍般，充滿侵略性

我沒辦法像志摩一樣
不帶走一片雲彩
但希望在失去前
能把不公平的全部，全都奪回來

要不然，回到家的我
會什麼都沒有
不想當一具，外表還活著
內在卻被掏空的外殼

親愛的主人阿
你要保重
守住你的尊嚴和底線
不要忘記你是一個完整的人

在風雨之後
也充滿絢麗的光彩

景深

當我愛上時
除了你，我看不清其他的東西
你是如此清晰
這個眞實的世界
彷彿又離我們好遠

遠到已經，模糊失焦
噢，我想我是眞的陷入了
每天早上都要想你一次

在只有你和我的世界
快樂的旋轉
其他的一切，在我們外圍

他們是宇宙裡的星星
圍繞著我們發光

對於外界，我已經徹底失焦
對於你，我不由自主地對焦
這場景深，是我的相由心生

掙扎

我還在掙扎
我還在生活和金錢裡掙扎
我還在思考我過得夠不夠好

我還在想該怎麼做
才能夠掙脫這一坨泥濘
我還在想該怎麼做
前方的路才會平坦而順遂

有時候愛情很難
有時候做人很難
當我需要有人訴說的時候
並不是每一次都能說出口

我希望在我消逝之前
還能夠為這個世界做點事
讓這些掙扎，在人生的路途上
都不會白白犧牲
讓所有的痛到最後
都能夠化為，甜美的果實

想念

我想念過去的日子
原本彼此不熟悉
後來一場曖昧
讓彼此的活著有了意義

你成了愛我的姐姐
我成了你愛的弟弟
那年夏天你收服了我
彼此的熾熱就像汗水淋漓的夏日

我想念的是你買給我的冰淇淋
我想念的是偶爾的撒嬌能得到你的回應
我想念的是你在背後偷拍我

然後告訴全世界
「這是我的小奶狗」
那一刻，我感到無比的受寵
是與生俱來無法擁有的
只有你的出現，我才能體會

如今，你在哪裡？
我好想念你
到了可以照顧自己的年紀
我也想照顧你
用我餘燼的生命來照顧你

你漸漸的遠去
只剩燈光下愈拉愈長的影子

我好怕找不到你
在這個可以寵愛你的年紀

離別

離別是痛苦的
有時候什麼事也不能做
只能看著你離去

你在離開前
沒有留下任何話語
孤身一人消失在視界裡

我摸索著
因爲我知道
再長的夜晚也會遇到光明

後來我發現

有其他原因
你等不了了

你在冬天冷冽的早晨離開
我天眞的以爲
我們會再見面

後來才知道
你眞的走了
但我猜你也不會告訴我了

只能看著你離去
有時候什麼事也不能做
我想要的
只是再了解你一次

孤獨

生命給的禮物
有時候非常孤獨

彷彿整條路上只有一個人在前行
只有自己
沒有救兵

很多事情，也只能自己面對
像一場暴雨
不知道何時才會好轉
任由風雨吹
忍耐，沉潛
一直到天空轉晴的那一刻

孤獨，讓人覺得不公平
孤獨，有時讓人入不敷出
進來的能量不夠抵擋外界的風霜
一點點的溫存逐漸在下降

但孤獨，是生命給的禮物
與自己對話
在無盡的黑暗中
鼓起一點點勇氣
小小力地，輕輕地
撥開那扇平時不輕易打開的房間
然後發現自己最眞實的一面

害怕孤獨
那就害怕吧

害怕難過
那就難過吧
沒有必要隱藏和壓抑

自己永遠都是最美好的自己
他不需要和這個世界做對
拿一個感到不舒服的場景套在自己身上
是和這個世界衝突的起始原因

親愛的
我不知道該怎麼解釋
但用外面世界的話語來說
跟自己對話顯得非常孤獨
但生命給的禮物只屬於你

不是屬於任何一個
想要幫你定義這個禮物的別人
在看不見的地方也有著其他人
面對著不安和委屈
孤獨，蔓延在城市的各個角落

我想要成爲光
我希望在孤獨的路上
可以蛻變成蝶

喜悅・二

這一件大事
當你邀請我
而不是邀請你的那個他
我感到喜悅

我感到充分的喜悅
在你心中
我的面積漸漸壓縮到他的面積
我感到充分的喜悅

我感到無比的喜悅
這是一種占有的爭奪
我漸漸占有你

你也把他排除在外
如此的背德
這是種無比的喜悅

原來挑戰道德的界線
是如此刺激
原來，人類沒有極限
總是在自己設計的遊戲裡
再次愚弄了自己

我想他絕對不會認同
明明做了正確的事
卻受到這種的待遇

是誰，偷走他的喜悅
然後留給了自己？

未完待續

給自己一點時間
接受所有失去的一切

故事未完待續
那些沒有繼續的感情
都可以歸咎於
未來還會有續集的結局

然而有些人做出了
別的選擇
若有似無的扼殺了
我和他之間所有豐沛的可能

故事未完待續
不過我想問：
還沒續寫的章節
是否不會再出現，原先所期盼的結局？

終點

我逐漸在變老
有一天我的容貌將不再是
你當初喜愛我的那個樣子
終點
是不是那一天？

而你，在我眼裡
隨著時間改變
都有著不一樣的美麗

我對你的喜愛沒有終點
但你對我的
會不會有那麼一天？

終點存在嗎
會不會有一天
我也不再愛你
然後開始只想念某一個時期的美麗？

其實我沒有答案
因爲我現在還愛你

至少現在對我來說
是一個沒有終點的戀情

哭

這個夜晚
我偷偷在哭泣

如果我晚生九年
如果能出生在和你相同的城市
就能和你上同一所中學
一起快樂的玩耍
一起長大
然後，一起畢業
面對這個社會的挑戰

如果我晚生九年
就能讓你享受到我最青春的肉體

就能和你一起揮霍時光
我們之間的命運不會再因年齡
而有所隔閡
我們也不會因爲現實的束縛
而無法再更進一步

每當你在我旁邊
我總想越界去做那些
不該發生的事
一切的一切
在純粹的我和你面前
似乎沒有爲時已晚這種事

每當你在我身邊
我就想要用，現在的我所能做到的一切

來對你好
即使我已經被
社會價值觀的年齡期待捆綁了雙手
我也願意用僅剩的餘力去證明
自己依然可以展現愛情

而愛情
不會隨著青春而流逝

我想說的只有這些，很抱歉
我無法，閃避這個年齡所應盡的責任
我無法，在被現實的惡魔所束縛住的時間中
再陪伴你更多

今夜，我默默在哭泣
寫了一段，不知如何收尾的文字

愛情

愛情是盲目的
愛情是抵擋不住的

當我看見你的肉體
就注定所有事情一定要有結局
人類的種族必須繁衍下去
而我和你需要執行這件事

當我看見你的肉體
就已經忘記會有嬰兒出生的問題

我只想跟你交配
彷彿人類還在集體生活

所有的寶寶將由群居的人類一同帶大
而我們要做的只有繁衍，瘋狂地繁衍

回到野性的本能
像兩隻飢渴的獸
必須透過生理的不斷刺激
讓大腦顱內獲得高潮與滿足

愛情是激動的
它需要透過不斷運動來達成

當我看見你的肉體
我們很有機會形成永動機
當我看著你、觸摸著你
我無法停下來，無盡地索求

愛情，是無底洞
它深不見底，無法被滿足
我們只能透過行動一步步去接近
探究
每一刻，都想再了解多一點

這一點一點的過程
匯集成更大的圖像
噢！我看到了
這就是愛情的模樣

愛情的模樣，放大著看
它不斷地在流動
就像我們每次都在交換著什麼

用我們求生的本能
原始的衝動在感受

青春

後來，我的樣貌變了
我變老了
當喜歡上一個人
我已經無法用我的外貌讓他覺得
跟我待在一起
會有青春時戀愛的感覺

我喜歡
在看電影之前，先買好票
進出他會存在的空間
然後等待和他一起去玩耍

現在的我

一樣會買好票
但我把票交給他
我知道這是最好的方式
不讓外人對於我和他的角色
有進一步的揣摩

嚴格說起來
是我不想害到他
因爲我在乎
社會對於青春的評價

我是多麼保守和冥頑不靈
以爲青春像個沙漏
有一天沙子會從上壺中流盡
就像人類的外貌

有一天會正式向年少告別
它們會全部流進中年
去到下個階段

上與下是有所隔閡的
當沙子漏盡
也是我正式和你道別之時

直到那一天
你將在我身上找不到
任何可以心動的信號
而到了那一天
我也會學會平靜
知道這世界上所有的青春和愛戀
已與我無關

我愛你
我願意用我所有的一切
愛你

南與北

你在南方的城市出生
但你不滿意，所以你來到了北方
我們相遇

後來，你發現這裡也不是
你想生活的地方
所以你去了更北的城市
我們分離

雲朵在藍色天空飄呀飄、轉呀轉
但我們看見的，卻不是同一片雲

你還是一樣

喜歡看演唱會
你一如往常
喜歡在美麗的地方拍照比YA

而我看著你發的照片
想起了我們從前

一起去的那一間酒吧
裡面的駐唱歌手正在唱著遠方
那時我們就在彼此身邊
最遠也不過隔著一個桌面

你還記得我嗎
這麼多年的日子裡
我還是沒變

在相對於你的南方
等你

但我不希望你回到
一個你不夠滿意的地方
也許我們生活的環境如此不同
所以你才對我感到如此好奇

而我也深深地被你吸引
長長的距離，我們曖昧地撲朔迷離
這種南與北的關係
我意識到時就會激動不已

但其實懷疑過，讓我走心的
是你那顆

不斷往理想目標前進的心
如果平行世界的你
有一天回來找我了，那該怎麼去面對

因爲原本以爲再也得不到你
但你卻來到我身邊
讓我沒了這種感覺

原本以爲一個在南，一個在北
但我現在忽然想離開這裡
去相對於你的，更大而華麗的
北方

最後的婚禮

那一天
白色的小木屋，棕色的客棧旁
我們辦了一場婚禮

過程中沒有祝福，只有鳥兒的喧囂聲
沒有白紗和黑西裝，只有普通到不行的衣服

我握著你的手
那是我見過最美麗的手

你看著我的眼睛
那是我見過最堅定不移的雙眸

我們在太陽升起
早市正要熱騰起來的時刻
宣告成爲永遠的戀人

你脫去我的褲子
感受我膨脹的溫度

我脫去你的上衣
傾聽你掩藏不住的心速

你用身體將我包覆
濕潤的感覺是無法想像的舒服
我用盡全力將自己的東西交出
在這純白色、陽光灑進的床鋪

後來，我沒有遇到像你一樣的人
你也回去了，回去找上你的情人

那一天，我來到你隔壁的城市
但我們沒有見到面

因爲當時我也有了自己的情人
後來漸漸失去你的消息
你的帳號停更，我也恢復單身

沒有再下一個情人
而你，也淡出我的記憶

這是我
最後的婚禮

樸實無華而神祕

這件事
我放在心底
每每回憶起，總是小心翼翼
如此眞實、聖潔
撲朔迷離

徘徊

我還在徘徊
該不該約你出去
因爲你也不是我
最喜歡的那種人
只是，有時候
想找個人陪，所以找上你
但是，我怕你對我有興趣
我怕你後來認眞了
假使我約你
怕會造成這樣的誤會
所以我還在徘徊

認眞

對待感情
我太過認眞了
難怪一直找不到一個對象

我總希望找到那個最好的
萬中選一的，讓我
無論再遇到何種人
都不會變心

因爲這個對象太好了
在各個方面都是上上之選
然後我又喜歡他，不是因爲身分地位
爲了獲得那些而假裝愛上

所以我一直找、一直找
朋友都勸過我了
凡事有一好，就沒兩好
只要能接受他百分之二十的不理想
就能享受他百分之八十的好

我卻習慣，把這個天秤
拿掉
因爲相信命運，也相信科學

世界上總有一個人
能跟我近乎百分之百完美契合
如果會出現，那他就會出現
而我要做的只有等待

如果沒有出現，那就是命運
注定讓我這一生遇不見對的人
注定讓我這一生漂泊
像一艘沒有錨的船，在海中
不斷前進，卻無法停泊

我還在漂泊
我錯過了很多人
那不是一種舒服的感覺
是否只要
稍微牽就
就能獲得和別人一樣的人生？

但我不將就
還不想妥協

一輩子就活一次
我想要擁有最好的

如果沒有
那就寧缺勿濫
我的認眞，帶來失望
帶來悲痛和委屈

這個世界那麼大
一個認眞的人，有什麼不對？
對著親愛的自己

我自問自答

永不凋零的花

我看得到你
但我們沒有深交
保持了恰到好處的神祕感
每次見到你，都抱著深不可測的幻想
我們的曖昧，像不會結束的花期

我曾經跟他相戀
後來沒有結果
我們變成朋友，輕鬆自在地交談著
雖然關係還是有了結果
卻成了另一種，不會凋謝的花

過去我們相愛

卻沒再見過面
你的模樣，停在我們說再見的那年
你的臉，始終保持青春，不會改變
原來你，原來這就是

永不凋零的花

永不凋零的花，開遍滿山
蔓延整座城市
它讓時空凝結在了最美好的模樣
讓故事都有一個不算悲傷的結局

永不凋零的花

但你卻讓我們
得不到一個痛快的結束
讓悲痛永遠留存

縱使時間會帶走記憶
但你延續的是念想
只要還有一絲線索
我就會不由自主地喚起
深藏的焰火

啊……永不凋零的花
請用滿山滿谷的淒美
將我埋藏在你的花園
或讓我僅剩的野火，燃燒自己
以重生之名，將不完美的結局

全都，燃燒殆盡

輯三

無奈

你，又一次的分手
我，又一次感到自己有機會

果不其然，你訊息我了
殊不知
你也訊息了，好幾個曾經曖昧的人
然後說這些人，都是你的朋友

你說
謝謝朋友給的建議
你把這些訊息，交互轉傳
讓我們都知道
彼此的存在

我明白
當你分手的時候
會希望這世界有很多人
可以接住你、擁有你

而你卻傷了我的心
但我也只不過
是想在你離開別人之後
換成我占有你而已

眞是抱歉阿……
如果讓你知道，我回覆你訊息
只是因爲這個原因
你應該也覺得很無奈，會嗎？

選擇

他原本是個街頭藝人
在街上彈唱了八年

這八年過的很開心
他做著喜歡做的事

但時間，帶走了他的歲月
存款總是累積在生活的底線
他危及了，焦慮著
如果能先找個法子賺更多錢
那麼就有更多餘力可以做
喜歡做的事

他把吉他賣掉了
把錢全部拿去買彩卷
他賭了一把
去彩劵行的路上
他問自己，是不是因爲過去太廢
今天才要做這種
如此不正直的事

如果過去做一份薪水比較高的工作
會不會現在一切的結局都有所改變？

過完馬路就到彩卷行了
他想到，喜歡的偶像曾經也去醫院打針
當人體實驗受試者
爲了一份漂亮的收入，爲了改變生活

沒有足夠的錢當基底
在那些
很難翻身的時候

我沒有選擇
我沒有退路了，除了努力往上爬
無法再繼續做
要用大量時間來換取酬勞的工作

想到以前電視上
那些富豪一灑就是幾十萬元的錢
只爲賭一個身心爽快的輸贏
錢，如此似浮雲
它就像記事本上，能輕易更改的數字

他期望，這樣的事
也能發生在他身上
之後，他要脫單
用雄厚的財力和名牌去滿足
渴望已久的對象
做那些以前沒辦法做到的事

他沒有選擇
當現在身處的世界
和理想中的新世界交疊之時
一股巨大的衝突爆發
他，對所有已在新世界生活的人
忌妒、渴望著，驅使著他
想透過未知的黑力量
徹頭徹尾的改變

是否追尋黑魔法的人
都曾在過去某些時刻
陷在黑暗中
同時找不到
選擇

世代

每個世代都有
每個世代要面對的問題

而我要面對的是焦慮

爲了獲得更多的關注和留言
我盡可能上傳最美的那一面

而我害怕深交
害怕別人進一步了解我

因爲我並不是一個
每一面都完美的人

我，也有缺點
當缺點被別人發現時
他們會不會就離開
轉而追蹤下一個，贏得他喜愛的人

我們這個世代
有更多機會認識
互不相識的新朋友
也能更輕易滑一下就說
掰掰再見

誰能告訴我
該怎麼提起勇氣
在這個迷亂的時代中繼續
相信自己？

偶像

當我活的無助
當我心力交瘁

總希望有個人能告訴我
我該怎麼做

就只需要告訴我
做什麼事會變好，會造成改變

而此刻，他就能成爲我的神

其實我的心尚未富足
而我害怕被外人看穿

因此，盡可能在社群上
營造我還在持續興趣
還在持續信仰的假象

表現地好像對自己喜愛的東西
忠貞不疑
好讓其他人仰望我

此刻，我就像站在神殿頂端
被另一群信念游移的人
所景仰的神

噢，命運阿
我們是如此地脆弱
透過僅有的模樣

來守護彼此心中，最需要呵護的地方

這一切說來諷刺，卻又眞實
有時候我，只需要一個偶像
有時候他，也只需要一個：
榜樣
這樣就行

這樣就能在微微痛苦的生命中，擁有
前行的動力

揚起

你說你
已經受夠了命運的折磨

決定不再當一個軟弱的人
一個被動的接受者
一個被使用的人

從今以後，你要揚起
像一根雄壯威武的男性生殖器
當一個有骨氣的人
拒絕做一個
等待別人使用的女性器官
我不喜歡，這個說法

過度地帶有性別色彩
把性別貼上標籤，讓人感到噁心
但是
聽完你描述的生活
我也默默掉下幾滴眼淚

我知道
我們都不想當一個，一直被使用的人
像一顆小樹任風吹
像空中塵埃隨風飄蕩

我們都有自己想做的事
我們都有一個埋藏在心裡的夢
只是有時候
討好比正面交鋒有用的多

被使用不是委屈求全
有時只是爲了平靜的生活

我們要揚起
雖然不確定未來的樣貌
但是我們要硬起來
挺拔而勇敢地
做出我們想要的選擇

我們要揚起
卽使命運對我們苛刻
我們還是要努力去達成
心中想成爲的那個模樣

你說如果

必須在使用者和被使用者之間
只能做出一種選擇

雖然想再苟延殘喘一會兒
但是你會永不回頭的選擇

揚起

台北

那個晚上
染著紅頭髮的高中生
走進一間神祕的二樓，抽水煙

煙霧瀰漫
空氣中濃濃的青蘋果和藍莓香
這裡是迷夢之都
座落於光線的盡頭，黑暗交界之處
當夜的漆黑需要霓虹燈照亮
一切蠢蠢欲動

白天扮演的太累
社交面具宛如濃濃的妝

而疊疊的壓迫讓我沒有精力去探索自我
此時
我只想偽裝成另一種人格
在沒有規矩的世界中吶喊

我把自己弄得貧窮
吃著便宜的化學製品，在雨中奔跑
我把自己弄得華貴
手捧著精緻的骨瓷杯，釉彩細膩
在富麗堂皇的飯館裡用餐，喝的爛醉
然後吐在外面人行道的孔蓋裡
等著朋友騎機車把我載走

隔天下午穿著華麗的碎花裙
在咖啡店讀著扎心的現代詩

晚上趕去開往淡水的遊艇趴
忽然一通電話打來，告訴我
演唱會確定有免費的公關票

我從十五歲就學會諂媚
交了一個年紀比我還小的男朋友
二十一歲的我
走不出青春的那場戀愛
還在等待愛我的他有一天再回頭
三十歲之後希望有個人把我寵壞
或是完完全全將我的身體占有

這座城市已經瘋了，我也瘋了
我想將身體貼滿七彩的反射片
成為人海中最耀眼的焦點

這樣走著走著
每天像煙火一樣綻放
我還沒想過會如何耗盡自己
也許我會在凋零時離開這裡

但那還不是今天
但那也不是明天

在那神祕的二樓，我依然感覺到
有人在那裡等我。抽水煙

故事

這個世界上只有你
會無條件的支持我

當我跌落
並發一些情緒文的時候
你會關心我
而當我發一些
事情有進展而因此開心的文
你總是第一個按我喜歡

我想說
你在我心中很重要
因爲你

我才知道
世界上眞的有人願意無條件愛你

但有一天
我忽然慌張起來
我忽然不敢跟你進一步深交

有太多故事
我們都沒有跟彼此說
也許這也是爲何
我們在彼此眼中都是如此完美

如果有一天
我們都明白了
彼此更多的個性和過去

你還會像現在一樣
珍惜我嗎？

你還會繼續和我當朋友
把我放在如此崇高的位置嗎？

我過去的故事
沒有很秀麗
我的個性也是如此

忽然
我開始期望
請你不要把我想的那麼好
但此刻的我也莫名地
依然無條件支持你

貳零貳參

到了貳零貳參年
被驅離的人數大幅增加
他們相信現實，但不一定相信夢想
他們相信科學，但不一定相信愛情

如果要在沒有定義的世界中
定義他們
會介於孤獨和不孤獨的重疊地帶

他們很難在這個極度速食化的世界
交到眞心朋友
但他們卻日益學會如何和自己相處
獲得強大的心靈

他們的人數漸漸增多
不難在網路上找到一樣的夥伴
但他們卻被經濟和愛情的遊戲
驅離
在活出自己的同時
卻被放逐到夢樂園

在夢樂園裡面
快樂的泉源來自於知足
不用太過追求外界的浮華
也不用常與他人做比較

在夢樂園裡面
我們的愛情不需要既定的儀式感
如何珍惜一個東西，由我們自己定義

它不一定需要花錢，或是未知的時間
來滿足

脫離了外界的壓迫
我們被驅離進了夢樂園
但我們甚是喜悅
因爲再也不會被分成異類
現在擁有自己的歸宿

而那些成長階段
被世界無情烙印的痕跡
將再也不會因爲沒達到目標
遭受心靈的審判

到了貳零貳參年

被驅離的人逐漸開始發表聲明
他們並不求回報
但卻受到前世界越來越多人的喜愛
而前世界的生態又再一次將
這一股流行推波至高潮

嚴格說起來
世界並沒有前後之分
也沒有經歷時代性的崩塌或摧毀

被驅離的人
會白手起家另闢家園
還是想辦法回到前世界的懷抱？

在被驅離的人心中

什麼才是眞正的榮譽
追求什麼才算是成功的人生
比較心態還在持續傳承嗎？

以及，最終的問題：
我們所進化出的社會
是否依然該爲人類的繁衍服務？

還是應該要脫離世俗
用崇高的博愛和智慧
超越過去的泥濘
成爲史無前例

告知人們，已經抵達
後世界的大門

明白

我才明白你從來就沒有愛過我
我才明白你自始至終
都把我分在界線的另一邊

我要離開這裡
去別的地方生活
你原本說要送我最後一程
又忽然說有其他事，需要改期

上天啊，你爲什麼要賜予這樣的人
來到我身邊
我沒有做什麼不對，只是希望和他
能有一個結果

我恨他，我恨他是不是自始至終
就知道自己不會喜歡我
而這段歲月的我卻不會明白
還依然飛蛾撲火般地愛他

我才明白你從來就沒有愛過我
我才明白你自始至終
都把我分在界線的另一邊

同類

你愛上了那個渣男
然後說他很壞
讓你生氣，身邊的人也都說
他的記錄不光彩

而你，總是單純地過著每一天
你喜歡簡單質樸的愛情
不買高調，或太過叛逆的衣服
也不常跟其他男生走很近

但是，當我跟你告白時
你卻默不吭聲沒有回覆
而渣男每天傳訊息玩弄你

你卻樂此不疲，沒有離開

我很生氣
想知道爲什麼
難道，一個普通也不壞的男孩
會比不上一個
同時玩弄很多女生的渣男嗎？

直到有一天
發現你和他的世界有多麼不同
你這麼的好，他這麼的壞
我才忽然明白

他對你的吸引力是如此之大
而我卻和你一樣簡單、一樣平凡

如果說究竟輸在哪裡
其實我知道，但並不想承認
因爲我和你終究是同類

摯愛

你單身了很久
我也是

但我不希望
你再單身下去了
跟我在一起
不會有結果

或者
請你不要再等待
有一天我們會在一起
雖然這是我一直期盼的

但現在的我
並沒有變得很好

不知道，這些年
你過得開心嗎
應該過得還不錯吧
看到你跟朋友出去散心、看風景

而我還在掙扎
我們的生活漸行漸遠

如果你跟別人在一起了
我願意放過我自己
我也可以釋懷

曾經想要擁有你
這個曾經的願望

但如今
我不知道能給我的摯愛
一些什麼

世界

從你離開的那一刻起
整個世界都變了

我再也不是你眼中
唯一不錯的男人
我再也不是曾經在小小世界中
你唯一的希望

是我不夠好嗎？
也許是我們彼此有了裂痕
但這個世界的魅力將我
狠狠甩在後面

你去了廣大的世界
找尋更多的快樂
更新鮮的遊戲
還有數不清的男人

我很開心
看到你改變了
我也很開心
你拒絕了我……

其實，當你覺得我還不錯的那時候
我眼睛只看著更遼闊的世界
當時眼中沒有你
只是覺得你不錯
但最終還是跟你揮手告別

如今，同樣的姿態卻相反過來
當我覺得你其實很不錯
世界，卻將你帶走

你眼中不再只有我
彷彿是被神祕力量控制著
眼睛看著我，身體卻轉身
消失在黑暗中

那片黑暗是我所不知的世界
也許對你來說是光明的
你漸漸，走向遠方
遙遠的我，在後面都追不上
遙遠的你像，天空中的星芒

我看著你，如此亮麗
在偌大的世界發光
而我已經跟不上……
而我已經跟不上
如果你，還記得我
請你，記得我……

練習

還記得嗎
那天晚上，你開著車
載我去兜風

我以爲那一刻就是永遠
我以爲日後的下班時間
會有你，開著車來載我

那天晚上在車裡
我們貼的太近
讓我一刹那以爲
我們會有可能

我開始關注你的肌膚
你的質地，是我以後要疼愛的東西
我開始關注你的唇和眼睛
因爲接下來，我要在你的臉上親熱

但我卻發現
看著你，我興奮不起來
你就像是我的朋友
但無法成爲炮友或戀人

我回家想著你的臉
如果你來接我下班
我一定很爽很開心
但我卻無法
和你成爲那種關係

一起去

兜風、吃飯、玩耍、看電影
做愛、唱歌、旅行、去海邊
如果你有生理需求
我可以幫你解決
或其實你不想我幫你

但如果你眞的找我，做那件事
那我們可以一起培養，感情和技巧
讓我們作彼此，最適合的

練習的那個人

自由

家駒說：
原諒我這一生不羈放縱愛自由
也會怕有一天會跌倒
我一直不敢去想那件事
因爲我也怕，有一天會發生

我是你最愛的人
你也是我最愛的人
但是我們，都去找了其他人
詳細原因，沒有說

也許是害怕受傷害，或是夢碎
也或許是想找到一個人

比他完整
然後讓我眞正放下他
就不用再害怕，有一天
會跌倒

我去找了很多對象
搞得自己好像很不專注於一個人
風流倜儻的活著
像一隻不被束縛的鳥
愛自由，不被任何一段情捆綁

又好像必須在人世間
轉了好幾個圈
終於發現找不到那一個對的人
才會狠狠地跌一跤

然後當頭棒喝地意識到
你才是真正對的人
可以沒有任何懷疑，不再害怕地
奔向你

我是如此放蕩不羈的愛你
不理你，卻又掛念著你
思著你，卻又捨不得開一句口
說我想要留在你身邊

我是如此傲嬌
好像自己懂得很多事
也許有一天會後悔
然後才會明白

如果過去某些節點不再那麼的放縱不羈
也許所有的結局都會改變

可是
那個不是我
也許有一天會跌倒
但是我，愛自由

替代

曾經有一段時間
我以爲別人能替代你
彌補我對於愛情的嚮往
那種濃烈到不行的渴望

然而時間證明了一切
無論我多麼以爲可以將你放下
以爲心中留給你的那一塊
可以打掃乾淨

卻始終淸洗不掉一份刻在
肉體裡的記憶
鮮明而深邃

我想要排擠它，卻依然與它共存

這是什麼樣的日子
以爲能找一個人替代你
替代你所造成的傷痛
渴求、自我懷疑、忍辱、和委屈

替代你每次總是激起大江浪水
在我心裡波濤洶湧無法平靜的日子
替代掉平常冷漠壓抑
想到你卻抑制不住流眼淚的情緒

我希望我的性器能被你使用
然後一次又一次的高潮
直到我可以開始徹底的對你

失去感覺……
讓我徹底地遺忘你
為什麼，我的心
要留一個位置給你
為什麼，這場雨
滂沱無際
在我心裡翻騰不息
我可以重生，為你再死去
沒有章法，沒有盡頭地
生生不息……

死亡

當
生命逐漸走向死亡
我的外表見證了這一切

我開始意識到
生物性的不朽是虛幻的
即便心態想要保持年輕

我開始意識到
衰老
會逐漸把你帶向另一個階段
慢慢地過橋
直到與過去的事，徹底告別

還沒過橋的人
也無法強迫他們去理解
我們的處境
就像自己，也不知道到達那個階段後
會是什麼樣子

過了橋後
意識產生極大的扭曲
開始不斷地認爲
過橋之前的世界總是更加完美

過了橋後
逐漸淡離原本的生活圈
從曾經的群體
銷聲匿跡

好像自己無法見人
得了一種無法治癒的病

死亡
是一種狀態
不見得是肉體的死亡
但在生物性的樣貌被改變後
好像就經歷一次死亡了

心理上的被剝奪感
讓人想乾脆全部都一起失去
被帶走一半，還剩下一半的我們
還可以，做什麼？

我希望

這個世界能給予多一點的包容
我希望
自己有勇氣去看待已改變的現實

我希望在無時無刻
都能更加珍惜
每一天
珍惜，我還擁有著的東西

在一切
被帶走之前

命運

我愛的人
他不喜歡我
喜歡我的人
我不愛他

結局・二

那陣子你睡了很長的覺
醒來後答應了我的邀約
恍恍惚惚搭車到約定的地點
我是你睜開眼後看到的
第一個男人

我不知道該如何表述
那晚我下意識地退了一步
這份懦弱
讓你把我放在一個
不再主動進攻的名單

而我只是還沒準備好

以爲你的接近
是希望我和你
可以形成某一種關係
可以在未來擁有一個好的結局

我只是還沒有意識到
你體溫的炙熱
在觸碰到我時冷卻
看到一條不見底的冰河

如果能再回到那天
我會熱情擁抱你嗎？
每次想到那天
我都重複問著自己
如果能夠再給我一次機會

我依然不會擁抱你
很抱歉……我很想哭
因爲我覺得你不錯
我也不想就此失去跟你在一起的
機會

但是我打從心底覺得
自己還能夠找到比你更好的人
對不起，我犯賤
我就是這麼惹人討厭

你也離開我吧
你也不值得我這樣的人

你值得更好的

而我也……
相信自己值得更美麗的花朵

強大

你已經不需要我了
我心裡這麼想著

這些年
你已成長茁壯
過去依慰我的時光
已不復見
取而代之的是
剩下我自己一個人

因爲你孤獨的時候
已經學會自理
不需要再找人傾訴

而我還眷戀那段舊時光
愛情，是一種需要
只有你還需要我的時候
我們的愛才有意義

我討厭：你的強大
也討厭你獨立自主後的樣貌
會不會是我跟不上你

但那又如何……
說到底，還是你
離我而去
像一陣風輕輕吹過。不留痕跡

被動

當覺得自己不夠好
我保持被動
當覺得自己無法帶給你什麼
我保持被動

當覺得自己不夠漂亮時
我婉拒你的邀約
謝謝你邀請
但是我，想要保持被動

有一天時光和環境
會將我改變成另一個人
我會繼續保持被動

因爲我不再是你要喜歡的模樣

卽使努力生活
也沒有成爲你喜歡的樣子
感覺內心的精靈在偷偷說
其實我和你並不適合

希望有一天
我可以成爲對的人
到了那一天
我會主動地去找你

認錯

你承認你錯了
明明知道和我不會有結果
卻還是想賭
賭一個不確定的未來
賭一次繼續選擇愛我

你承認你錯了嗎？
爲什麼我如此肯定
因爲我也錯了
我錯在明明沒有足夠的能力
卻還撩你

錯在只能給你不確定的未來

卻還給你機會跟我靠近

這一次我眞的想認錯
我希望你也知道你錯了
我眞的希望
你去找到下一個比我更好的人
去過更好的生活
這次現在的我能給你最後的話

因爲我也在賭一次
繼續選擇愛你

南國的雨

你騎著檔車
飆速在南國的街道上
雨落下，淋濕你的胸膛
這一切都是從，我拒絕你開始

其實我可以，南下和你一起生活
那是一場夢

我在去年夏天遇見你
在南國短短幾天
我感受到北風的呼喚
終將必須回去：寒冷的國度
我在北方住了太久

那裡有我無法放下的習性
很想灑脫地拋下所有
就這麼離開

南國的雨落在你的肩膀上
那是我的眼淚
穿越了時間和空間

雨水滑進了你的皮衣
冰涼地進入你的背
我的身體是如此冰冷而沒有溫度
你很想趕快回家
離開這一場無助的雨

我透過雨滴感受到你的憤怒

你只想拒絕這場雨
拒絕畏畏縮縮不敢南下的我
拒絕一個裝孤傲冰冷的北國孩子

你要的很簡單
只是一個暖心的擁抱
而我的理性，想抓住的東西
太過龐大，倒過來壓制了我

我的軟弱，最終只能想像
南方
也和我的心一樣冰冷

野性

「有時候我們很像
外冷內熱，卻沒有人可以
從臉就看出，我們的叛逆」

「我看到你，充滿野性和自由
我們都需要努力，一起讓夢想實現」

你放棄了
外界比較看好的那件事
去做你眞正想做的

而我改變了我的路
因爲不像你有那麼堅決的勇氣

你的自由和野性
遼闊、放逐、奔跑、沒有拘束
我想和你一樣
但又挾帶著過往

你可以理解嗎？我的焦結
如果無法，那也沒有關係
即使未來的路不同
也希望這一路上，你還記得我

重逢

分開又重逢
分開又重逢
是什麼樣的命運
讓你再次找上我

我唯一的目標就是忘記你
透過一次一次的練習
想把你忘記
想把你忘記

然而我的心中
卻總是保留一個位置給你

輯四

希望・一

這是我
跟你離別前
的最後一段話
很不捨的，不想說出口
我希望我們還有以後
但如今
我必須爲自己
先做出選擇

每次來到這個時刻，還是會心痛
先說一聲對不起，這一次

眞的到這裡了

希望・二

也許你覺得我不錯
也想和我談一場戀愛

但對你來說
我眞的是你
想一起走到最後的人嗎？

我很疑惑
因爲如果你已經想清楚
那一次的告白
你就不會沒有回答了

沒有明確的拒絕

也沒有答應
也算是給這段關係機會
搞不好還有以後

我想你應該也是發現了
這個世界上有比我更好的男人
也許你同時著迷於很多個男人
也許你只著迷於我一個

我不知道
但是，最可笑的是
這麼多年來，我也在欺騙自己

希望・三

你在發達的城市出身
而我的童年，在發展中國家長大

我們是不同世界的人
我的放蕩不羈
你的端莊和華麗
我們是如此充滿吸引力

所以
當我決定要跟你徹底分開時
我也懵了
怎麼能捨的放下你
怎麼能捨的放下一段可能

超級有趣、撕心裂肺
刻骨銘心的愛情

每一天，我都在騙自己
其實你是相當好交往的人選

每天上班八小時
是被偷走的時間
下班當做回自己的時候
我就想念你

聽著你最喜歡的歌曲
想要學習你的世界的語言
希望有天可以再見到面

我看著你的照片
重新溫習對你的初心不變

這些年所有一切的一切
即將在此結尾

希望・四

你對我告白過
當時你很勇敢
也許這就是愛情：眞正的模樣

是我退卻了
也許我應該就直接衝了
不要管什麼未來
困難終究會迎刃而解

當時我婉拒了
因爲覺得自己
當時沒有足夠的能力
給你過上更好的生活

後來你不再主動了
該不會是
你懷疑了

後來，你做了你想做的事
出去世界各地遨遊
此刻的你，想把
時間和金錢花在自己身上

因爲不覺得自己可以給對方
過上更好的生活
所以你沒有回答
我後來的告白

我想我們都需要，再多一點點勇氣

希望・五

我該擁有
這社會上哪些被看好的優點
才能有勇氣愛你？

我該擁有車子和房子嗎
還是擁有一個成長中的事業

我該擁有不會凋零的容顏
還是一顆炙熱不變的心？

我該拋下一切現實去愛你
還是擁抱自卑
把自己充實好再去追逐你

到那個時候，你還會等我嗎
還是我該擁抱我的自信

相信不論在何時選擇你
都是正確的選擇
因爲在我心中，你一直都是第一位

我需要找回勇氣
卽使被風雪摧殘
我都要能繼續去相信
我們的愛情是一粒將來會萌芽的種子

在成長過程中會經歷
風霜、大雨、冰寒、炙熱

但最後，在最終
都會成長爲美麗的果實

背道而馳

這世上
難以抓住的是愛情

我明白這個道理
卻還是想做
背道而馳的事

對於你
我寧願粉身碎骨
也不願什麼也沒做的
慢慢失去你

這個感覺一直沒變

從最初到現在
讓我相信世上真的有
不會滅的焰火

那是一根永遠炙熱的柴
接觸一點火花
就能燃起熊熊烈火
照亮整片漆黑的森林

請讓我燃燒
去追逐你的一切
讓我去試著
抓住我們之間的感情

也許有一天

我會摔倒、我會崩壞
我會哭泣，但這都沒有關係

我已經明白
此生的使命

要跟世上抓不住的道理
永恆地，背道而馳

最後的選擇・一

你只是個過客
但是那天
我們的見面太深刻

其實，我們
已經很久沒見面
但是我心中一直惦記著你
沒有來由的

我們也不是小孩子了
我想跟你共度餘生
因爲你是我這輩子見過
最讓我放不下的人

故事從你開始，而我
日日夜夜、沒有來由地
也想把你忘記

最後的選擇・二

你是地球上最好的人類
你的內涵、你的外在、你的一切

我知道，已經看到頂點了
這個世界上沒有比你更好的人
所以我打算衝一發
這一次，沒有任何猶豫

要碼就全盤拿下
要碼就毫不留念

我只是再一次害怕
又有一段關係變成永不凋零的花

我不想看著你，慢慢變老
我想和你一起，慢慢地

感受陰晴圓缺的每一天
傾聽你說的每一句話
每一個想法

我希望你可以做自己想做的事
然後在疲倦時
讓我幫你準備你曾經說過
想吃的晚餐

最後的選擇・三

我不想要再碰運氣
也許今天沒在一起
然後說未來哪一天會再見面
再漸漸地等待那一天的到來

這種無盡的等
太痛苦了
現在的我，只有兩種選擇：

一種
就是永恆地忘記你
我可能會將你封鎖
然後在你音訊全無的世界裡

漸漸將你忘記

一種
就是永恆地追逐你
希望我們的關係，能有一個
結果，給彼此一個
名分，致年輕的我們

永遠學不會，平淡樸實
內心的最深處，還是渴望
得到；

永遠學不會，試著以另一種形式
可能是朋友，讓這段關係走下去

我們都還年輕
是否都還無法平平淡淡地
活在愛的世界裡？

最後的選擇·四

我終於明白
其實我們想要的東西
很不一樣

我總是想把這座城市最好的
都展現給你
而你想要的，卻是探索城市的角落
小吃店、喝著飲料
靜靜的，就很幸福

你終究把時間留給了自己
而我卻幻想一部分的時間要給你
你去了你想去的那些地方

而我也持續做著手邊未完成的事
也許這就是愛情
撲朔迷離
難以辨別事情的真相
但是你做了你想做的事情
才是真的

而我的幻想，是假的
也因爲如此
這段關係才能開花結果
在我所預期的夢裡

——美麗的成長著

最後的選擇·五

有些事情
終究是無法成功
所以學到了教訓

當你願意飛奔千里
去看你的偶像一眼

就像你經過了很久
還是想跟我見上一面

然而我愛了你那麼久
卻又時常愛著其他人

因爲覺得，我跟你之間不會有結局
所以我總是不敢太投入

你說如果有一天
偶像忽然死掉了
你應該會崩潰的無法自拔

所以當你千里飛去看完他本人後
你就無憾了
隔天如果死掉也沒關係

而我
還是愛自己多一點
我寧可不要去追逐一個人
追尋的那麼深

也不要愛一個人愛到瘋癲
當他哪天死掉後，看著自己崩潰

不，我不敢
我愛自己，不會輕易讓自己崩潰

我寧可從根源就杜絕事情的發生
也不願嘗試看看
然後有一天讓自己在失去愛情時
痛到血流成河，無法自拔

原來這就是我
得不到你的原因

某種程度上，我不配得到你

因爲我只愛自己
不配擁有一個別人
也深愛著我的愛情

最後的選擇・六

永不凋零的花
漸漸將我覆蓋

當我變得脆弱
他們就會攀上我的身體
用白色的花將我覆蓋
宣判我再一次沒能逃過
神祕的詛咒

當我沉溺於幻想世界
當我逃避於面對感情的可能失敗
而保持距離
當我寧可孑然一身輕

也不願把自己放在
一段不確定能否掌握的關係裡

永不凋零的花開始生長
蔓延過我的腳邊
穿越我的頭頂
然後將世界點綴成純潔無瑕的白色

這裡沒有苦痛
只有自在——
這裡可以讓我去做自己想做的事
然後彼此對對方都保留著
良好的印象

偶爾的嘘寒問暖

關心與支持
可以給的沒有任何包袱
好像浮華世界中
總是最真心支持你的人

最後的選擇・七

我沉浸在這種快樂
無法自拔
可以隨心所欲地交流
只要保持應有的禮貌

我們都是虛偽的人
也許你也偷偷藏了什麼沒有說
透過純白世界的濾鏡
我們都是正人君子

不害怕被誤會
也不害怕被揭穿
只要關係還沒進一步走到

會開始受傷的那一環
我們在彼此眼裡，將永遠單純美麗

最後的選擇・八

我逃避了本該盡的責任
在岔路的節點上
選擇了負擔輕盈的那條
你也是這樣嗎？

我們都做了自己想做的事
好像做好自己
就可以種出更多永不凋零的花
來擁有自己的花園
讓聚光燈打在自己身上

當碰到最愛的那個人
卻又想把整片花園燃燒殆盡

不敢在面前透露
自己是一個種花人

害怕對方是現實的那一派
無論風吹雨打
都想跟你過上踏實的生活

而現實中那一群種花的人
明明已經有機會可以占有別人
卻又依然想待在花園裡
想永遠被花朵埋藏

種花的人
寧可外表光鮮亮麗

也不願別人看到自己身上
沾到一點淤泥

最後的選擇・九

我是永不凋零的花
我的心已經被貪婪掩蓋

其實
我也想過要只愛你一個人
踏踏實實的跟你過上生活

但是我害怕受傷
我只想知道
你會不會永遠的愛我

所以想要直接問你
或是永恆的失去你

讓我不要再想著我們的可能
那會讓我永恆痛苦

而我不想看到自己那樣
我只希望自己幸福
只希望故事都能有一個
圓滿的結局

所以我將希望寄託在你身上
而往往
你也是那個種花人

是不是我們都擺脫不了
自己的渴望，所以一直都在錯過

當我準備好的時候
你還沒有準備好
當你準備好面對愛情
我卻想待在我的保護傘下
等待那天你來愛我

最後的選擇・十

我們都有一個花園
在那裡，故事永遠乾淨、純粹
在那裡，對方永遠會相信自己
是一個好人
沒有猜忌和懷疑

在那裡，因爲彼此都相信對方
所以故事能繼續進行下去

現實中，我們都有自己的世界
希望選擇權能在自己手上

希望不要面對，未知的風雨
然而愛情，是世界上最難掌握的謎題
虛無縹緲、若有似無

我們都需要再多一點勇氣
面對未知，面對自己
內心深處的渴望

在還有選擇的時候，珍惜
永不凋零的花

國家圖書館出版品預行編目資料

永不凋零的花／磊子著. --初版.--臺中市：白象文化事業有限公司，2023.8
面；　公分.——（吟，詩卷；20）
ISBN 978-626-364-045-0（平裝）

863.51　　112008190

吟，詩卷（20）

永不凋零的花

作　　者　磊子
校　　對　磊子
發 行 人　張輝潭
出版發行　白象文化事業有限公司
412台中市大里區科技路1號8樓之2（台中軟體園區）
出版專線：（04）2496-5995　傳真：（04）2496-9901
401台中市東區和平街228巷44號（經銷部）
購書專線：（04）2220-8589　傳真：（04）2220-8505
專案主編　黃麗穎
出版編印　林榮威、陳逸儒、黃麗穎、水邊、陳媁婷、李婕
設計創意　張禮南、何佳諠
經紀企劃　張輝潭、徐錦淳
經銷推廣　李莉吟、莊博亞、劉育姍、林政泓
行銷宣傳　黃姿虹、沈若瑜
營運管理　林金郎、曾千熏
印　　刷　基盛印刷工場
初版一刷　2023年8月
定　　價　280元